妖怪図鑑

熊谷直樹×勝嶋啓太　詩集

コールサック社

熊谷直樹×勝嶋啓太　詩集『妖怪図鑑』　目次

その壱　子ども達と妖怪　の巻　熊谷直樹

その弐　街と妖怪　の巻

勝嶋啓太

熊谷直樹
勝嶋啓太

その参　現《うつつ》と妖怪　の巻

その肆　夢と妖怪　の巻

勝嶋啓太
熊谷直樹

熊谷直樹×勝嶋啓太　詩集　『妖怪図鑑』

その壱

子ども達と妖怪　の巻

熊谷直樹

雨ふり小僧

雨宮くんは生物部で　特に海の生物が好きだった
遠足が近づいてきたある日
雨宮くんは突然
先生　ボク遠足に行かなくてもいいですか　と言いだした
行かなくてもいい　っていうことはないね
学校行事だし　全員参加なんだから
どうしたんだい　都合でも悪いのかい　と聞くと
ボク　遠足に行きたくないんです　と言う
困ったね　どうかしたのかい
雨宮くんは黙ったまま下を向いてしまった

黙ってちゃあ　わからないね　何かあったのかい
雨宮くんは重たい口をようやく開いて答えた
みんながお前は遠足に来るな　って言うんです
お前が来ると雨が降るから　って
お前は「雨男」だから　お前が来ると雨が降る
去年もその前もそうだった
だからお前は来るな　ってみんなが言うんです
そう言うと
雨宮くんの目からはこらえていた涙がこぼれだした

遠足に雨宮くんは参加しなかった
当日の朝　雨宮くんの家から電話があり
突然の体調不良で行くことができなくなった
との連絡だった
その日は雨は降らず　いい天気だった

遠足に参加した他の子ども達は
みんなとても楽しそうだった

学校に戻ると　生物部の部室に雨宮くんがいた
部室にはアクアリウムの水槽がいくつも並んでいて
雨宮くんはその水槽のひとつをじっと見つめていた
水槽の水は紫色に染まっていた
先生　アメフラシって貝の仲間なんです
ウミウシなんかと近い生き物なんです
敵から攻撃されると紫色の液を出して
自分の身を守るんです　と言った

きっと雨宮くんの心の中では
冷たい雨が降っているのだろうか
と思わずにはいられなかった

その日以来
ついにこの町には雨が降らなくなった

座敷童

どのクラスにも隅の方におとなしい生徒がいる
はしだのりひこ君もそんな生徒だった
おかっぱ頭の彼はもの静かであまり目立たず
いつも少しはにかんだようにニコニコしていた
ある日　集合写真を撮るということだったので
生徒達はひな壇のように並んだ
はしだ君　キミもそんな端の方ではなくって
遠慮しないでもっと真ん中の方に入りなさい　と言うと
はしだ君はハッとしてちょっと困ったような顔をした
あのう　ボクのこと見えるんですか？

そりゃあそうだろう　見えなければオバケか幽霊だ
見えるんですかって　そこにいるじゃあないか
他のみんなにだってちゃあんと見えている
いえ　他のみんなはいいんですけど……
他のみんなはよくっても私じゃ何かまずいのかい？
はい……　すみません　でも先生は大人なもんで……
大人なもんで　って？
はい　あのう　ボクこれでも一応座敷童なもんで……
はしだ君は思いもよらず面白いことを言う
座敷童ってふつうは大人には見えちゃいけないものなんです
う～ん……　どうも信じられないなぁ
先生　このクラスは何人学級ですか？
何人って　四十人じゃあないか
じゃあ　数えてみて下さい
そう言われると少し恐ろしくなってくる

先生　学級名簿に「はしだのりひこ」って書いてありますか
さらにそう言われるといよいよ恐怖だ
ね　先生「はしだのりひこ」なんていないんですよ
だって仮りの名前なんですから
ボク　端っこの方でいいんです
だって　真ん中の方にいって　もし写真に映らなかったら
そこだけ空間ができちゃうでしょう
端の方だったら映らなくても目立たないから
そう言うとはしだ君は少し恥ずかしそうに端の方に並んで
先生　どうもありがとうございます　と頭を下げた
いやいや　そんなことないよ　ま　とりあえず写真撮ろう
先生　このクラス　とってもいいですね
みんな仲良くしてくれるし　遊んでくれるし
そのうえ先生まで親切にしてくれるし
ボク　今まで先生に気を遣ってもらったことなかったな

はしだ君はそう言うとにっこりと笑った
出来上がってきた写真に　はしだ君はちゃんと映っていた

カッパ

水泳部の横溝くんは「正史」と書いて「ただふみ」といった
横溝くんは小柄で
いつも小さなリュックサックを背負っていた
雨の降る日は傘をささずに
安いビニールのレインコートを着ていた
傘よりもこの方が濡れなくていいんですと言っていた
横溝くんは水泳部なだけあって泳ぎが達者だった
だが競技会に出ると必ず決まっていつも三位で　銅賞だった
そしてその銅メダルをうれしそうに大切にしていた
放課後はいつもみんなと一緒に

校庭の隅で相撲をとって遊んでいた

先生　先生はカッパって信じていますか？
ね　先生　カッパなんていないんですよ
カッパって想像上の生き物で　伝説なんです
だからカッパなんていないんですよ　と横溝くんは言った
横溝くんの田舎は岩手県で
今でもおじいさんとおばあさんが住んでいるのだそうだ
いつかそのおじいさんの写真を見せてくれたことがあった
おじいさんは横溝くんそっくりで　小柄で
しかも頭頂部がハゲていた
先生　ハゲって遺伝するんですかね
隔世遺伝ですかね　だったらイヤだなあ
ボクも将来　おじいさんみたいになったらどうしよう
といつも心配していた

横溝くんのおじいさんは農家で　きゅうりも作っていた
ボク　きゅうり好きなんです　と横溝くんは言った
きゅうりって
世界で一番栄養のない野菜だなんて言われてるけれども
カリウムが含まれていて
利尿効果とかむくみ解消とか　薬効が高いんです
それに何よりも　きゅうりのあのにおいが好きなんです
夏の池とか水辺のにおいと同じにおいがするでしょう
と言って横溝くんは笑った
図工の時　たまたま小さなハンマーを手にしていると
横溝くんはなぜか急に顔色を変えて
カナヅチだけはやめてください
ボク　カナヅチだけはダメなんです　と言った
ある日　横溝くんが他の子どもとジャンケンをしているのを
ふと見てしまったことがあった

横溝くんの小さな手には立派な水かきがあった
だが私も他の子ども達もそれには気づいていないことにした

雪女

幸子は「幸子」と書いて
「さちこ」ではなく「ゆきこ」といった
母親は「雪子」と書いて
「ゆきこ」ではなく「せつこ」と読むのだそうだ
なるほど　うまいこと戸籍法をクリアしている
誰がつけた名前なのかと聞くと
お父さんとお母さんだと言う
だが保護者の欄には母親の名前があるだけで
父親の名前は書いてない
幸子は水泳部で　プールは屋内ではなく屋外だったが

抜けるように色の白い美少女だった
私　雪女なんです　と彼女は笑いながら言った
幸子は大きなシベリアンハスキーと暮らしていて
大の仲良しで　夜は一緒に寝ているのだという
小さい頃　父親がプレゼントしてくれたとのことで
犬の名は「オットー＝サンダース」というのだそうだ
どうしてもその犬に会ってみたいと思ったので
一度　連れてきてごらん　と言ったら
散歩の途中　本当に教室に立ち寄ってくれた
なるほど　サンダースと言うだけあって
いかにも軍曹のような立派な風貌をしている
だがその割にはとても友好的で
頭をなでると手をベロベロなめてくる
そして「先生　うちの幸子がお世話になってます」と言う
いやいや　幸子さんはとてもよく出来るんですよ　と言うと

いえ　先生のおかげです　と言いながらも少し嬉しそうで
どうかこれからもよろしくお願いします　と頭を下げると
最後に「先生　うちの幸子　美人でしょう」と言い残して
帰って行った

自宅に帰って「まいったぜ　犬が口を利くんだよ」と言うと
犬だって口ぐらい利きますよ　猫だってしゃべるんだから
と我が家の猫が　さも当然のように言う
だってお前は化け猫だから……　と言いかけて口をつぐむと
化け猫だなんてひどいなぁ
いつまでも長生きして「猫又」になれと言ったのは
そっちのほうじゃあないですか
でも幸子さんのお父さんはその犬なんですね
と妙に納得している
そして　いやぁ　今年の冬は寒くなりそうですね　と言う

そうなのかい　と聞くと
はい　でも今年のクリスマスは
いいクリスマスになるかも知れませんね　とつぶやいた

王子の狐

その年は雪の降る日が多かった
その日も朝から雪が降り続く寒い日だった
そんな夕暮れ方
表の戸を叩く小さな音がした
はいはい　どなた　と戸を開けると
一人の子どもが立っていた　そして
すいません　手袋を下さい　とっても寒いんです　と言う
見ると可愛いらしい小さな手に小銭が握られている
手袋の代金としては足りなかったが
子どもの手が真っ赤で　あまりに冷たそうだったので

小銭を受け取ると　手袋を渡してやった
そしてその子どもに
お代はこれで充分だからね
いいかい　決して
栗だの松茸だの　届けに来たりするんじゃあないよ　と
よく言い聞かせるようにして帰してやった

それから子どもは　王子にある家に帰ると
おっかさん　ただいま　手袋　買って来たよ　と言った
母親は子どもの顔をじいっと見た
まあ　おまえ　その姿で手袋を買って来たのかい？
気をつけなくちゃいけないよ　人間はおっかないんだからね
おっかさんなんかは昔　人間の男にだまされて
ひどい目に合わされたことがあるんだからね　と言った
子どもは無邪気に

大丈夫だよ　だってホラ
どっから見ても　ちゃんと人間の手になっているだろ
母親はその日は　子どもをしっかりと抱きしめて眠った

あくる日　母親は子どもに
おまえ　もう一度
昨日　手袋を買いに行った時の姿になってごらん　と言った
子どもは少し不思議に思ったが
言われた通りに　昨日の姿になった
すると母親は子どもを鏡の前に立たせてこう言った
ほうらね　だからくれぐれも気をつけないといけないんだよ
鏡には　手首から先は完璧に人間の手だが
首から上は可愛い子狐のままの姿が映っていた

どうだ　面白い話だろう　と我が家の化け猫に話すと

猫はしばらく考えて
人間にもいい人って　いるんですね　と言った

＊（参考）新美南吉「手袋を買いに」「ごんぎつね」
落語「王子の狐」

一つ目小僧

写真部の「かめよし」くんは
「亀良」と書いてかなりめずらしい苗字だ
名前は「礼圭」と書いて「のりよし」と読んだが
周りのみんなは「カメ！」「カメ！」と呼んでいた

亀良くんはどこへ行くにもカメラを持っていき
少しでも気になるものがあると必ずシャッターを押していた
最近ではデジカメが全盛ですけれど
やっぱり写真はフィルムに限りますね　と亀良くんは言う
三五ミリで　縦走りのフォーカルプレーンシャッター

シャッタースピードは一〇〇〇分の一
レンズは色々ありますけど三五ミリの広角ならばＦ一・八
三〇〇ミリの望遠でもＦ二・八ならいいですね
フィルムですか？　フィルムはコダクロームの
ＡＳＡ一〇〇を愛用しています　と
何だかよくはわからないが　なかなかのこだわりようである

写真っていうのはですね
目で見た通りのモノを写し出しているように見えますけど
実は目では見えないものを写しているんですよ
写真には目では見えないものが写るんです
と　亀良くんは熱っぽく語る
何だか「星の王子さま」に出てくるキツネのセリフみたいだ
昔「カメラ小僧」というのが流行ったことがあるが
ちょっとそれを思い出させるところもある

文化祭で
コスプレの被り物を被っていた時は腰を抜かしそうになった
首から上が完全にカメラで
しかも首の部分のつなぎ目が全くわからなかったからだ
つまり生身の肉体と完全に一体化していたのだ

我が家の化け猫に「彼はカメラ小僧かね？」と聞くと
猫はすました顔で「一つ目小僧ですな」と言う
一つ目小僧？
そうです「一つ目小僧」です
その子には　目には見えないものが見えるんですよ　と言う
そうかね　そんなものかね　と言うと
ええ　そうです
でも私にも　実は目に見えないものは見えるんですけどね

猫はそういうとフッと笑ってこちらを見たが
猫の視線は私の顔にではなく
微妙に私の背後に向けられているのだった

天邪鬼《あまのじゃく》

帰国子女のジャックはハーフで姓は天野くんといった
みんなからは「ウソつきジャック」と呼ばれて
時々いじめられたりしていた
先生　ジャックがナイフを持っています
ジャックが持っているからジャックナイフです
天野くん　本当にナイフを持っているのかい？　と聞くと
天野くんは小さく「はい」と答えた
見せてごらん　と言って見てみると
それはジャックナイフなどではなく図工で使う彫刻刀だった
天野くん　これはナイフじゃないね　彫刻刀だね　と言うと

天野くんはまた小さく「はい」と言った
天野くん　ナイフなんて持っていないよね　と聞くと
いえ　持っています　と言う
どれ　見せてごらん　と言うと
天野くんはポケットからナイフを取り出して見せてくれた
ジャックナイフだった
天野くん　これどうしたんだい　と聞くと
砂山の砂を指で掘ってたら出てきたんです　と言う
うーん……　おかしいね　砂山に埋まっていたのなら
まっ赤に錆びていてもおかしくないはずなんだが……
先生　砂山に埋まっているナイフが錆びているなんて
それこそウソですよ　錆びていないのだってあるんです
じゃあこれはキミが磨いたりしたんじゃないのだね
いえ　磨きました　少しは錆びていたものですから
うーん……　天野くん　困ったね

最初からちゃんと本当のことを話してくれないとね
天野くん　なぜ最初から本当のことを言ってくれないのかな
だって先生　ボクが本当のことを言うとみんな困るんです
ボクがハーフだとか　帰国子女だとか
母子家庭だとか　それでいじめられているとか
そんなこと言うと　みんな困るんです
困るだけじゃあなくて　みんな怒るんです
みんな　そんなことないだろう　って言って
お前の思いすごしだろう　って言って怒るんです
だからボク　本当のことは言いたくないんです
そう言って天野くんは悲しそうな顔をした
そうか天野くん……　いろいろあるだろうけど負けるなよ
私にはそう言うことしか出来なかった
天野くんはニコリと笑って　先生　大丈夫です　と言った

後で担任に確認したところ
天野くんは確かにハーフではあったが帰国子女ではなく
母子家庭でもなかった

＊（参考）石原裕次郎「錆びたナイフ」
作詞・萩原四朗　作曲・上原賢六

死神

落語研究会の天本くんは
身長が一五五センチと歳の割に小柄なほうで
体重は四〇キロないという痩せた体つきの少年だ
顔色もロウソクのように青白く　やや心配だ
いつも小声でぶつぶつ呟いているのも気になる
天本くん　大丈夫かい？　何か悩みでもあるのかい？
と声を掛けると　天本くんは
ああ　先生ですか　と気のない返事をする
そして　今月もノルマが達成できないんです　と言う
運動部でもないのに　生徒にノルマなどあるものか

ノルマって何だい？　勉強のノルマかい？
先生は知らないんです
ボク達の部屋には壁にノルマを書いた紙が貼ってあって
「今月の必達目標！」って書いてあって
毎朝　達成状況の報告をさせられるんです
で　達成した者は「達成　おめでとうっ！」って
みんなから拍手されるんです
天本くんの話は　まるでどこかの会社の営業社員のようだ
だがこの子がそんな大人の世界を知っているとは思えない
どうしても腑に落ちない顔をしていると
もしノルマが達成できなかったら
先生だってどうなるかわからないんですよ
だいたい　先生にはボクの姿が見えてちゃイケナイんです
他の子だって　ボクの姿は見えていないんだから

ウソだ　天本くんはウソを言っている　と思った
休み時間や放課後でも　天本くんは他の生徒にまじって
ごく普通に過ごしているからだ
ボク　みんなのこと好きだし
そう言うと天本くんは悲しそうな顔をした
姿が見えてちゃいけない　とはどこかで聞いたセリフだ
……それじゃあ　ひょっとしたら
そうですよ先生　だからアレは言っちゃあいけないんですよ
アレって……　ひょっとして　あじゃらからもくれん……
と　思わず口にしたとたんに天本くんは姿を消してしまった

家に帰って　早速　猫に報告すると　我が家の化け猫は
少し悲しそうな顔をして　気の毒ですね　と言う
配属された場所も悪かったんですかね
子どもばかりたくさんいる学校じゃあ

ノルマなんてとても達成できるわけありませんよ
と　さもそうだろうという顔で言う
でも　天本くん　いい子でよかったですね
そう言うと猫は腕を組んで顎を乗せ　静かに目をつむった

＊（参考）落語「死神」

牛鬼

牛尾先生は体育の先生で
学校中の先生達の中でも一番恐い先生だと言われていた
体育の先生だけあって身体は大きく
酒焼けというのか　顔はいつもまっ赤だった
牛尾先生には伝説がいっぱいあった
格闘技が万能で　学生時代にチンピラにからまれた時
たった一人で二十一人のチンピラをのしてしまったとか
借金で首が回らなくなった友人が
ヤクザの事務所に監禁された時に
たった一人で乗り込んで救出してきたとか

他校の生徒がオートバイで乗り込んできて
校庭を走り回って暴れていた時は
たった一人で十八台のオートバイを
学校の裏に流れている小さな川に一台一台放り投げたとか
とにかく鬼のように恐い先生で
怒ると誰も　とても手がつけられなくなるということだった
ある時　万引きした生徒がつかまったが
その生徒に牛尾先生は何も言わず一時間　睨み続けた
その生徒は翌日から
すっかり毒気が抜かれたように　良い子になってしまった

ある時　牛尾先生の同僚にこっそり聞いてみたことがあった
すると実は　牛尾先生はお酒は一滴も飲まないのだった
賭け事も　競馬はおろかパチンコすらやらないという
先生の伝説もかなり誇張があって

チンピラの数は二十一人ではなくて十一人
オートバイの数は十八台ではなくて十三台だったそうだ
その上　その先生が知る限りでは
牛尾先生に殴られたりした生徒は一人もいないのだそうだ

ある時　牛尾先生は
校舎の外で寒い風に吹かれながらタバコを吸っていた
そこへ一人の講師の先生もタバコを吸いにきた
牛尾先生はタバコを吸いながら
ウチの息子が中学に入りましてね
息子の担任から言われたんですよ
牛尾さん　子どもなんて育てたようにしか育たないんですよ
いくら心配したって　なるようにしかなりませんよ　ってね
と傍らの講師に独り言のように言ったそうだ

それでも　今日も生徒達の間では伝説が信じられている
鬼のように怒った牛尾先生に睨まれ続けただけで
その生徒は死んでしまうのだと

その弐

街と妖怪　の巻

勝嶋啓太

口裂け女

口裂け女　を憶えているだろうか？
夕闇の中　ひっそりと大きなマスクをした美女が佇んでいて
小学生が通りかかると　囁くように言う
ねえ　わたし　きれい？
女がおもむろにマスクをはずすと
耳まで裂けた大きな口に鋭い歯がズラリと並んでいる
そして　その小学生をどこかへ連れ去ってしまうのだという
連れ去られた子供は食べられたのだという説もあった
１９８０年頃　突如として小学生を中心に噂が広まり
友達の友達が実際に声をかけられた　とか

友達の友達が女に連れ去られて行方不明らしい　とか
なぜか被害に遭うのは必ず　友達の友達　だったが
数多くの目撃談が飛び交い　社会現象になったほどだ
小学生にとっては　妙なリアリティがあって
子供たちを恐怖のどん底に叩き落したものだ
怖さのあまり　ちょっとちびる奴までいたほどだ
ぼくも当時　小学生だったので　口裂け女直撃世代で
怖くて怖くて　心の底から震え上がったのを
今でもよく憶えている
ところが　1年もすると　パッタリ噂は聞かなくなり
あれから35年　口裂け女の行方は杳《よう》として知れない——
なんて引っ張っといて悪いのだが
実は　口裂け女さん　ご近所さんだ
ぼくの家のそばの遊歩道をよく犬つれて散歩しているよ
やっぱり口はでっかいけど　それ以外はすごい美人で

でも　ツンとしたところがない　すごい気さくな人で
会うと　向こうから　こんにちは　とあいさつしてくれる
ヒマな時は世間話したりもするよ
さっぱりした明るい性格で　友達も多いんだよね
ホラ　あたし　口がでっかいじゃない
若い時はそれが嫌でねー　隠そうとしてマスクしてたら
ヘンなウワサ立てられちゃって
すごい怖い女みたいに言われてさー　迷惑したわよ〜
なんて言って　あっけらかんと笑っている
で　なんか　口が大きいの隠すのバカバカしくなって
マスクするのやめたの
そしたら　誰も口のこと気にしなくなっちゃって
ああ　ヘンに隠そうとするから　かえって目立つんだなって
今はこの大きい口　結構　気に入ってるの
でも　口紅がすぐなくなっちゃうのが玉にキズだけどね

そう言って　口裂け女さんは晴れやかに笑った
ぼくは　口裂け女さん　やっぱり美人だな　と思った

人面犬

ぼくの家の近所に　口裂け女さんが住んでいて
よくうちのそばの遊歩道を散歩してるって話をしたけど
この前　会った時　口裂け女さんは
ちょっと小さい犬を連れていて　でも　よく見たら
犬　みたいな　おじさん　だった
……つまり　素っ裸のおっさんに首輪をつけて
連れ回しているってこと!?　……SMプレイってやつか?
そういうこと公衆の面前でやっていいのか……と
ちょっとドキドキしていると

口裂け女さんは　ぼくのそんな様子に気づいて　笑って
人面犬よ　と言った
人面犬!?　そう言われて　よくよく見たら　実は
おじさん　みたいな　犬　だった
人面犬……1980年代後半に話題になった　人の顔をした犬
東スポにしょっちゅう目撃談が載っていたっけ
中野あたりに棲息しているという噂があったが
まさか本当にいたとは……
まあしかし　人の顔をしているとはいえ　生物学的には　犬
つまりこの状況は　犬の散歩　ということか
なんとなくホッとしていると　人面犬が
妻が仲良くしていただいているみたいで
ありがとうございます　と言った
!?　しゃべるのか　人面犬!?
しかも　妻が　って言ったぞ!

口裂け女さん　旦那さんが人面犬……ってことは　人間と犬で結婚したってこと⁉……いやしかし　口裂け女さんも人面犬さんも一応妖怪だから　妖怪同士ということで問題はないのか……ってことは　つまり　しかし　そもそも　自分の旦那に首輪つけて連れ回してるってことは　やっぱり……　と
こんがらがって　何が何だかわからなくなっていると
人面犬さんは
わかりますよ　やっぱり　普通　戸惑いますよね　と言った
いや　あの　その……　とぼくがモゴモゴ言ってると
私らのこと　理解してくれとは言いませんが　せめて妻とは
今まで通り　会ったら挨拶を交わす仲ではいてほしいです
と人面犬さんは言い
今は　私らのような者には生きづらい世の中なので
挨拶ひとつが心の支えになることもあるんですよ
そう言うと　口裂け女さんと人面犬さんは

それじゃ　また　と挨拶して　去って行った
寄り添って歩くふたりの後ろ姿を見ながら
ぼくはなぜか
幸せそうだな　と思った

ろくちゃん

幼なじみの　ろくちゃん　は
四丁目商店街にある文房具屋の娘で
名前は　久美子　と言うんだけど
町の人はみんな　ろくちゃん　って呼んでた
なんで　ろくちゃん　かと言うと
実は彼女　ろくろ首　なんだよね
ろくろ首　だから　ろくちゃん　……単純でしょ
普段は　ごく普通の　結構かわいい女の子なんだけど
ろくろ首　だから
首を自由に伸ばしたり縮めたりできて

ぼくが見たのは　最長で5メートルぐらいかな……
子供が高い木の枝に引っかけた風船を
首を伸ばして取ってあげてるのを見たことがある
首　最長でどのぐらい伸ばせるの　って聞いたら
笑って教えてくれなかったけど
実は地球3周ぐらいできるっていうウワサもあった
そういえば　こんな話もあったな
当時　付き合ってた彼が
仕事の都合で福岡に転勤になっちゃって
ろくちゃん　どうしても　会いたくて　会いたくて
首を　伸ばして　伸ばして　ひたすら伸ばして
東京から福岡まで　首だけ会いに行ったんだって
そしたら
彼がちょうど女の子とキスしてるところで
ろくちゃんが泣いて抗議したら　彼に

俺はやっぱり普通の首の長さの女がいいんだ
って　言われたとか　言われなかったとか……
で　結局　それが原因で別れちゃったんだってさ
顔も可愛いし　性格も優しくて　いい子なんだけどなあ……
何人か付き合った男性はいたみたいだけど
結局　首が原因で　どれもうまくいかなかったみたいだね
そんなこともあって　ろくちゃん　一時期
絶対　人前で首を伸ばさなくなっちゃったし
ろくちゃん　って呼ばれると怒るようになったこともあった
その後　いつの間にか
ろくちゃんの姿を見かけなくなってしまって
どうしてるのかなあ　と思ってたんだけど
この前　10年ぶりぐらいに見かけたので　声をかけてみたら
実は　結婚して　今は子供も3人いるんだって
なんと旦那さんも　ろくろ首　で

だから　子供もみんな　ろくろ首
「せまい家に　ろくろ首が5人もいると
　首がこんがらがっちゃって　大変よ」
と言って
ろくちゃんは　とっても幸せそうに　アハハ　と笑った

よかったね　ろくちゃん

唐傘オバケ（ビニール製）

朝から　しとしと雨が降っていて
何もする気がしないので　布団の中でごろごろしていると
コンコン　と玄関ドアを叩く音がする
無視していたら　コンコン　コンコン　うるさいので
仕方なく　玄関ドアを開けると
「こんにちは」と　唐傘オバケが立っていた
……でも　なんか違和感あるな　と思ってよく見ると
あ　ビニール製だ……唐傘オバケのくせに？
「自分は　あなたが5年前に山手線の車内に置き忘れた
　500円のビニール傘です」

5年前……そんなことあったっけ……憶えてないけど……
「しばらく　ＪＲ東京駅のお忘れ物預り所にいたのですが
いつまで待っても受け取りに来られないので
自力で帰ってきました」とのこと
いや　今さら帰って来られてもなあ……などと思っていると
ビニ傘くんは勝手にズカズカと上がりこもうとしている
あ　ちょっと　部屋がビショビショになる……　と言うと
「大丈夫ですよ　ちゃんと傘を差してきましたから」
確かに　透明なビニール傘を差していた
「雨降ってたんで　駅前のコンビニで買いました」
ビニ傘がビニ傘差して来たんかい　と言うと
「傘だって　好き好んで濡れたくはないですから」と言う
まあ　そりゃ　気持ちはわかるけどさ……と思っている間に
ビニ傘くんは　すっかりくつろいじゃって
冷蔵庫から勝手にコーラとか出して飲んでいる

ぼくは　意を決して
あのさ　せっかく帰って来てくれたのに悪いけどさ
正直ちょっと迷惑なんだよね
妖怪になって歩くわけにもいかないし
それに俺　すでに新しい傘も買ってしまったし……と言うと
ビニ傘くんは　急に哀しそうな顔になって
「やっぱり　そうですよね……今さらですよね」と言い
「急に押しかけてすみませんでした」と頭を下げた
……でも　よく考えたら
ビニ傘くんが妖怪になってしまったのは
俺のせいなんだよな　と思って
あの……2、3日だったら……　と言うと　ビニ傘くんは
「心配しないで下さい　妖怪にも居場所はあるんで」
と言って　でも　とっても寂しそうに　出て行った
こんな真っ白けで薄っぺらい街の　どこに

居場所なんて　あると言うのだろう？
……て言うか
ビニ傘くん　差して来たビニール傘　忘れて行ったな

一反木綿（ポリエステル30％）

熱帯夜で　暑苦しくて　眠れないので
窓を開けて　ぼんやり月なんか眺めていたら
なんか　白い　ひらひらしたものが飛んでいる
スーパーのレジ袋か？　でも　ビニール製じゃなさそうだ
材質は布っぽいな　洗濯物が飛ばされているのか？
でも　こんな夜更けに？
タオルか？　それにしちゃ　ちょっとひらひらし過ぎだな
手拭いか？　長すぎるな
ふんどしか？　今時してる奴いるのか？
なんてあれこれ考えていたら

どうやら　むこうもこっちに気づいたらしく（？）
こっちにむかって　ひらひら飛んできた
よく見たら　目とか口とかがあったので
もしかして　あなた　一反木綿　っていう妖怪ですか？
「ゲゲゲの鬼太郎」にも出てくる　わりと有名な妖怪の……
と聞くと　そうです　と言う　……あ　そうですか……
でも　それ以上話すこともないので　黙っていると
何か気づきませんか？　と一反木綿が聞いてきたので
何が？　と聞き返すと
実は　ボク　ポリエステルが30％含まれているんですよ
だから　他の一反木綿に比べて
軽くて　通気性に優れているんです
それでいて　特殊な製法（特許申請中）で編まれているので
綿100％と変わらない肌触りなんですよ
この夏の新製品です　いかがでしょう？　と言う

いや　いかがでしょう　って言われても
他の一反木綿に会ったことないし
そもそも　キミの通気性が良かろうと悪かろうと
肌触りがどうだろうと
キミを着て歩くわけじゃないから　オレには関係ないよね
もしかして　キミ　Tシャツとかになったり出来るの？
と聞くと
いや　ボク　一反木綿ていう妖怪で　布地ではないので
そういうことはちょっと……　とか言って　気まずそうに
ひらひらと去って行ったのだった

さて　今日も　熱帯夜で　暑苦しくて　眠れないので
窓を開けて　ぼんやり月を眺めていたら
また　ひらひらと　一反木綿　が飛んできた
よく見ると　真っ赤になっている

どうしたの⁉　血まみれ？　と聞くと
いえ　この夏の新色です　と何故か自慢げに答え
一反木綿史上　初の試みで
赤い一反木綿になってみました　いかがでしょう？　と言う
……だから　いかがでしょう　って言われても
オレには関係ないって……

ぬりかべ（扉付き）

仕事に行こうとしたら　玄関の前に
巨大な　壁　が立ちはだかっていた
これじゃ　家から出られないじゃないか！
なんだ　この壁？　と訝しく思っていたら　壁が
ぼく「ぬりかべ」です　と言った
ぬりかべ？　あ！　聞いたことがあるぞ
ただ人の前に立ちはだかるだけ　という意味不明な妖怪だ
しかし　こいつに目の前に立たれると
誰も　それ以上　前には進めなくなってしまう
という　とっても迷惑な妖怪だそうだ

ってことは　俺　一生　家から出られないってこと？
えらいこっちゃ　どうしよう　と大騒ぎしてたら
大丈夫です　ぼく　扉が付いてるので
と　ぬりかべが言う
扉？　確かに　よく見たら　扉がある
いや待て　これは怪しい
扉と見せかけて　実は口ではないのか？
さては俺をだまして　喰おうとしているな
違いますよ　ぼくが前に立ってしまうと
みなさんの迷惑になってしまうので
扉を付けて　通れるようにしたんです　とのこと
恐る恐る　扉を開けてみると
ホントにただの扉で
フツーに向こう側に通り抜けられたので
へえ～　妖怪も意外と他人に気を遣ってるのね

と感心しつつ　でも　キミ
これじゃ「ぬりかべ」である意味がないんじゃないのか？
立ちはだかる妖怪　としての
「ぬりかべ」のアイデンティティはどうなるんだ？
と言うと　ぬりかべは
人に嫌われてまで
「ぬりかべ」である必要があるんでしょうか？
と　真面目な顔して言った
ぬりかべ君　キミ　とってもいい奴かもしれないけど
妖怪がそれでいいのか？　と言うと　ぬりかべは
妖怪だって
好んで人に嫌われたいわけじゃないんですよ　と言った
でもね　ぬりかべ君　結局　妖怪は妖怪だよ
と言うと　ぬりかべは

さびしそうに
扉を　そっと閉めた。

子泣きじじい

後輩のタナカくんに会ったら
何かを背負っているので　覗き込んでみると
赤ん坊　だったので　驚いて
タナカくん　子供いたの⁉　と聞くと
カノジョもいないのに　子供がいるわけないでしょ
先週の日曜日に　アパートの前で泣いてたんで
拾ったんスよ　と言う
捨て子か⁉　ケーサツに届けろよ　と言うと　タナカくん
実はですね……　と　ワケあり顔で言って
背中の赤ん坊をよく見せてくれたのだが

顔があきらかに　おじいさん　だったので驚く
拾い上げてみたら実は　子泣きじじい　だったんスよ
あ　知ってる「ゲゲゲの鬼太郎」に出て来る奴だよね
わりと有名な妖怪じゃん
油断してたら　バック取られて　自分　このザマっす
ホント　シクった〜　とタナカくんはぼやいた
子泣きじじいって　相手にしがみついたら
ムチャクチャ重くなって相手を潰しちゃうんでしょ？
と聞くと　いや　そういうのは　別になかったスね
フツーの赤ん坊ぐらいの重さっス　とアッサリ
でも　一度しがみついたら　絶対に離れないんでしょ？
いや　そうでもないっスよ　メシの時とかトイレ行く時とか
フツーに離れますよ　意外と手が掛からないんスよ
ただ　歩くの面倒くさがって　外出する時は　こういうふうに
必ずバック取りに来るんで　その時はバトルっす

ちなみに　その時だけ　やたら動きが速いッス
こいつ　こう見えて実は
レスリングのヨシダ・サオリ選手なんじゃないかと……
いや　子泣きじじい　だろ！
ところで　子泣きじじい　って結局どっちなの？
おじいさんのような赤ん坊？　それとも
赤ん坊のようなおじいさん？
さあ～　やっぱ　赤ん坊みたいなジイサンなんじゃないスか
自分の読みだと　多分　年齢は80歳ぐらいじゃないかと……
案外　老け顔なだけで　実は生後６ヶ月とかだったりしてな
ねえ　センパイ　子泣きじじい　の世話するのって
どっちになるんスかね？　子育て？　それとも　老人介護？
なんて二人で盛り上がっているると
それまで黙っていた　子泣きじじい　が　突然
ボク　28歳ですよ　と言った

……赤ん坊でも　ジイサンでもないんかい！
タナカくんは　え？　じゃあ結局
子育てでも　老人介護でもないってことっスか？　と言い
マジかぁ～　ダマされた～　としきりに口惜しがっていて
ごめん　タナカくん
そのリアクションが　よくわかんない

ダイダラボッチ

以前　アルバイトしていた職場に
マメさん　というあだ名のおじいさんがいた
とっても気さくな好い人だったんだけど
とにかく小柄な人で　身長が１４０センチぐらいしかなくて
豆粒みたいに小さいということで
みんなに　マメさん　と言われていた
ちょっと失礼なあだ名だなあ　と思ったけど
本人は全然気にしてなくて　いつもニコニコ笑っていた
ある日　マメさんが　ぼくに
ダイダラボッチって知ってる？　って聞いてきた

知ってますよ　ものすごいデッカイ巨人でしょ
なんでも　富士山をまたげるぐらいデッカイんだとか
と答えると　マメさんは
あれ　実は俺なんだよ　と言った
は？　この人　何言ってんの？　という表情をしていたら
マメさん　昔の写真を見せてくれたんだけど
なんと身長が5メートルぐらいあって
ぼくが　びっくりしていると
もっと昔は　もっともっと大きくて　それこそ
富士山またげるぐらいデカかったんだよ
でも　あまりに体が大きすぎて
みんなの視界に入りきらないし
声をかけても　あまりに距離が遠いから　声が届かなくて
誰にも存在を気づいてもらえなかったんだ
というわけで　マメさん（ダイダラボッチ）は

ずっと　ずっと　何百年も　ひとりぼっち　だったんだって
誰にも気づいてもらえないって　結構　つらいもんだよ
と　マメさんは言った
だから　マメさん（ダイダラボッチ）は　寂しくって
毎日　毎日　泣いてたんだって
その涙がたまって出来たのが　琵琶湖なんだとか
そんなある日　偶然　雲に乗った神さまが通りかかり
やっと　マメさん（ダイダラボッチ）に気づいて
悪い悪い　デカすぎて　今まで全然気づかんかったわ
それにしても　あんた　ちょっとデカすぎやな
と言って　1日3回食後に唱えなさい　と
体がほどほどに小さくなる呪文を教えてくれたんだけど
マメさん　1日も早く小さくなりたい一心で
約50年間　1日中ずっと　呪文を唱え続けていたら
呪文の唱え過ぎで　ちょっと小さくなり過ぎてしまって

今度は小さすぎて　居るのに気づかれない時があるんだとか
なかなか　ちょうどいい具合にはいかないもんだねぇ
そう言って　マメさんはちょっと微笑んだ

レコード人

最近は音楽も
インターネットからダウンロードして手に入る時代になり
CDですら時代遅れなんだから
レコードなんて　もう先史時代の遺物だけど
それでも　アナログ盤の音には　デジタルの音にはない
えも言われぬ味わいがあるとかで
いまだに　たくさんの愛好者がいるらしい
と言っても　僕の父が　いまだにレコードを聴くのは
そういうことでもなくて（大体　オヤジ音痴だし）
単に　昔買った　たくさんのレコードを

そのまま置きっぱなしにするのが　もったいない
ということに過ぎないのだが
先日　父が
俺の持っているフランク・シナトラのレコードが
なんかヘンだ　と言う
マイ・ウェイを聴いていると　サビのところで
ま〜い　うえ〜い
と　誰かの調子っぱずれの声が重なる時がある　と言う
ちょっと聴いてくれ　と言うので聴いてみたが
一向に怪しげな声など入っていなかったので
オヤジ　モウロクして
自分で無意識に歌ってたんじゃないの　などと話していると
突然　シナトラの声に合わせて
わたしは〜　しんじた〜　このみちを〜
と　明らかに知らないオッサンの声が聞こえてきて

オイ　ちょっと待て！　なんで日本語なんだ！
父は　今日のパターンは初めてだな
と　ヘンなところに感心している
何だ!?　この変なレコード　と思い
盤面を　よーく見てみると
レコードの　無数に刻まれた溝の中に
何かチラチラしているものが見えたので
虫眼鏡で　さらに　よーく見てみると
ものすごーく小さなオッサンたちがいて
こちらに向かって　ニコッと微笑んでいたのだった
どうやらこのオッサンたちが　時々　いい気分になって
調子っぱずれの歌を唄っているらしい
まったく迷惑なオッサンたちだが　父は
みんな楽しそうだからいいじゃないか　と言う
こういうのが住んでたりするのも

レコード盤のいいところだな　と父が言うので
いや　そういうことじゃないだろう　とも思ったが
まあ　いいか　と

その参
現《うつつ》と妖怪　の巻

熊谷直樹
勝嶋啓太

藤原保昌

熊谷直樹

こんな夢を見た
一人の盗人が夜な夜な京の街をうろついていた
袴垂《はかまだれ》と言って名の知れた強盗の首領だった
十一月の月のおぼろな夜である
この日も鴨川に近い京極大路を
六条の辺りから北に向かって歩いていた
するとちょうど仕事にうってつけという具合の
いかにも裕福そうな男が急ぐふうでもなく歩いている
しかも浮世離れしているというか横笛を吹きながらである
盗人は機会をうかがうようにつかず離れず後をつけていった

男はそんなこととも気づくそぶりもなく
相変わらず優雅に笛を吹きながら歩いていく
五条を越えた辺りまで来たが
どうにも飛びかかることが出来ない
意を決して気配もあらわに近づいていくと
男は笛を吹いたまままくるりと振り返り
盗人の方をじっと見たかと思うとまた背を向けて歩きだした
盗人はどうしても飛びかかることが出来なかった
だがそのままあきらめて引き上げることも出来なかった
盗人は意に反して何かに取り憑かれたかのように
その男の後について歩いていった
四条を過ぎ三条が近くなってきた
このままどこまでついていくことになるのか
不安に耐えられなくなった盗人は
ついに太刀を抜いて走りかかった

すると男は笛を吹きやめて振り返り
「お前は何者だ」と静かに聞いた
盗人は　この男はこの世の者ではない　と思い
不覚にも腰を抜かしてしまった
盗人は問われるままに　自分は盗人である　と白状した
するとそれを聞いた男は盗人について来るように命じると
また笛を吹いて歩きだした
盗人はこれは逃げられぬとあきらめ　大人しくついて行った
男の屋敷に着くと中に招き入れられ　金を与えられ
困った時にはここに来てそう言え
今後はこういう危ないことはするな　と諭されて帰らされた
男の正体は藤原保昌と言って和泉式部の夫だった
盗人はこの男を「この世の者ではない」と思ったが
保昌は　源頼光　坂田金時らとともに
大江山で酒呑童子を退治しているのである

この世の者ではあったが
この世の者でない者を退治していたということである
後に捕らえられた袴垂が涙ながらに語った話である

＊（参考）「宇治拾遺物語」（袴垂　保昌にあふ事）

野火

勝嶋啓太

今日はお出かけだ
押し入れの奥から　着ぐるみ　を出して着る
背中のチャックを閉めたら　ぼくはもう
身長100メートル　体重10万トン　の　かいじゅう　だ
山の怪獣さん　と　空の怪獣さん　と　海の怪獣さん　と
ピクニックに行くんだ
怪獣も酒呑んでばかりじゃなくて
たまには健康的なことしようよ　ということで
広い野原で　お弁当食べるんだ
でも　みんな夜行性だから　今　午前0時なんだけどね

ところで　広い野原ってどこにあるの？
さあ～　知らないけど　「中野」にはあるんじゃない？
なんつっても　名前に「野」が付いてるぐらいだから
というわけで　「中野」に行ってみたけど
「中野」には広い野原なんて　全然なくて
冷たくて　硬くて　角ばった
家とかビルとか舗装された道路とかばかりで
「野方」とか「東中野」とかにも行ってみたけれど
どこにも　広い野原なんて　なかった
で　結局　小さな公園のベンチに座って
4匹でお弁当を食べていたら　向こうの方から
ふらふら～　と火の玉みたいなのがやって来て
そこらへんを　うろうろうろうろうろ　行ったり来たりしている
あいつ　多分　野火　だな　と海の怪獣さんが言う
野火？

野垂れ死にした人や　昔の戦《いくさ》で死んだ雑兵の　魂が
成仏できずに　ひとだま　になって野原を彷徨うんだよ
と　空の怪獣さんが教えてくれた
それにしても　今時　野火なんて珍しいな
あいつ　何百年彷徨ってるんだろう　などと話していると
野火が　こっちのほうに　ふらふら～　とやって来て
すいません　私　野火というものなんですけど
ここらへんは確か　昔　広い野原だったと思うんですけど
と聞いてきた
ここらへんには　もう野原はありませんよ
と　山の怪獣さんが答えると　野火は　いかにも困った顔で
弱ったな～　野原がないと
俺　ただの「火」になっちまうからな～　とか言っている
え？　それを気にしてるの？　と言うと　野火は
だって野原がないのに「野火」って変でしょ　と言うので

野原がなくても「中野」って言ってるぐらいだから
いいんじゃないの　と言うと
あ　そうか　それもそうだな　とちょっと安心したみたい

山姥

熊谷直樹

昔　ある村に山姥が住んでいた
ある日　山姥の住む屋敷の一室にスズメ蜂が棲みついた
山姥は息子に　何とかしてくれと助けを求めた
そこで息子はハチを殺す毒薬を手にその部屋に入り
注意深くスズメ蜂に毒薬を吹きかけた
スズメ蜂は驚いて飛びまわり息子に襲いかかってきた
息子が急いで部屋を出ようとしたその瞬間
山姥はすばやく部屋の扉を閉め　錠をかけてしまった
息子は自分がまいた毒薬に倒れ
スズメ蜂に全身を刺され　ひどいことになってしまった

瀕死の息子がようやく部屋から這い出し
なぜこんなひどいことをするのかと涙ながらに訴えた
山姥は　あわててよく考えずに閉めてしまったのだよ
悪気はなかったのだよ　と弁解した
息子は　それで謝りもしないのか　本当にひどい　と嘆いた
山姥は　だからさっきから何度も謝っているじゃないか
私はちっとも悪くないんだから　と言って笑っていた
やがて息子は　さんざん苦しんだあげく息絶えてしまった

どうだ　恐ろしい話だろう　と言うと
それまで黙って聞いていた我が家の化け猫が
それはあなたの話ですね　と言った
よくわかりませんね　人間は我々妖怪を
恐い　恐い　と言いますが
私に言わせれば人間の方がよほど恐い

一体その山姥は人間なんですか　妖怪なんですか　と言う
山姥は人間だよ　人間が年をとって妖怪になってしまうんだ
と説明すると　化け猫はしばらく考えこんで
それでは　外見上は人間と妖怪と区別するのが難しいですね
恐いなあ　とため息をついて
あなたも山姥の息子だったら恐いのではないですか　と言う
どうかな　恐くはないと思うけど　恐いかい　と聞くと
化け猫はまたしばらく考えて　大丈夫そうですね　と言う

お前だって　いつも人の手に咬みついてくるじゃないか
大丈夫かい　いつか喰い殺されるんじゃないだろうな
と反論すると
ひどいなあ　あれは甘咬みです　と少し憮然としたが
しばらくするとにっこりと笑って
大丈夫ですよ　私はあなたの「守り猫」ですから

そう言うと化け猫は私の手をザリザリと舐め
そして自分の前脚も毛づくろいすると
満足そうに横たわった

ぬらりひょん

勝嶋啓太

寝付けないので　ぶらぶらと　夜の散歩に出たら
一丁目商店街のあたりで
妖怪たちが　何千匹も　何万匹も
ぞろぞろ　ぞろぞろ
歩いてくるのに出くわした
もしかして　これがウワサに聞く
百鬼夜行　というやつか……
人（？）の好さそうな唐傘オバケが　近くに歩いてきたので
（でも一応妖怪なので）恐る恐る
皆さん　どこに行かれるんですか？　と声をかけてみる

選挙です　とのこと
……選挙？
10年に1度　妖怪の総大将を選ぶ　選挙があるんですよ
妖怪の総大将？
そうです　妖怪の中でいちばんエライ妖怪です
妖怪の総大将　って　選挙で選ばれるんですか？
世の中　民主主義ですからね
はあ……民主主義……
まあ　今回も全員一致で
ぬらりひょん　が選ばれるでしょうけど
えっ　ぬらりひょん！　聞いたことあります！
「ゲゲゲの鬼太郎」にも
確か妖怪の総大将って書いてありましたが
本当だったんですね！
もう何百年も　ぬらりひょん　が総大将やってます

じゃあ　よっぽどすごい力を持ってるんでしょうねぇ
いえ　特には持ってないです
は？
別に　彼は　何もしません
やってることといったら
午後3時に　のんびりとお茶を飲むことぐらいです
ただの隠居かよ……それで　何で妖怪の総大将なんですか？
だって　彼は　絶対に　揉め事を起こしませんから
だから　皆　のほほん　と過ごせるんです
なるほど　案外　そういう人が
リーダーにはいいのかもしれませんね
人間も見習わなくちゃ
いや　人間には　多分　絶対に無理でしょう
なんでですか？
だって

人間はみんな　欲　が深いですから

天狗

熊谷直樹

私の師匠は禅智内供《ぜんちないぐ》と申しまして
鼻の長い事では京に知らぬ者はございませんでした
食事の時にも邪魔になる位で
私が二尺ばかりの木の片で持ち上げていたのでございます
ある日　都の医者から鼻を短くする方法を聞きまして
試してみたところ　確かに鼻は短くなりました
が　十日もしないうちに
またもとの長さに戻ってしまったのでございます
師はついにこうおっしゃいました
これはひとえに煩悩のせいに違いない

煩悩があるが故に　このように鼻が長くなり
また煩悩があるが故に　鼻の長さを気に病むのだ
これはまだまだ修行が足りぬということじゃ
心を改め　一から修行をし直そう
そう言うと師匠は鞍馬の山に籠っておしまいになりました
それぎり師匠は姿を消してしまったのでございます
さて　それから十年程もした頃でございましょうか
所用で都の外れの山里を歩いていた時のことでございます
突然　一陣の風が吹いたかと思うと
目の前に真っ赤な顔をした天狗が立っていたのでございます
そして私の顔をしげしげと見つめると
久しぶりじゃのう　と言ったのでございます
私は天狗なぞに知り合いはおりませんから
これは魔物に違いないと思ったのでございますが
天狗は　わしじゃ　禅智内供じゃ　と言うのでございます

天狗が言うには　鞍馬の山に籠ってひたすら修行に励んだ
その甲斐あって　今では背に羽根も生え　自在に空を飛び
羽団扇で意のままに風も起こせる
遠眼鏡で千里の先も見通せる　と言うのでございます
どうじゃ　立派なものじゃろう
これでもう　以前のように引け目　負い目を感じたり
卑屈な気持ちに煩わされることもすっかりなくなった
煩悩は全て晴らされたのじゃ　そう言うと天狗は
ハハハハハ　と高笑いを残してどこかへ飛び去り
姿を消したのでございます

どうだ　不思議な話だろう　と我が家の化け猫に話すと
猫はじっと私の顔を見つめて黙っている
そうしてしばらくして
あなたも気をつけてくださいよ　と言う

何だい？　何がだい？　と聞くと
その天狗はあなたの中にも潜んでいます　気をつけないと
そう言うと猫は両手を組んでその上に顎を乗せ
哲学的な顔をしたまま静かに目をつぶった

＊（参考）芥川龍之介「鼻」

件（くだん）

勝嶋啓太

海の向こうのアメリカで
女性蔑視や人種差別発言を繰り返す成金馬鹿が
何かの悪い冗談みたいに大統領になってしまった日のこと
妖怪マニアの友人が
くだん　という妖怪を知っているか？　と聞いてきた
くだん　って「件」と書いて「くだん」と読む奴だろ
字の通り半分人間半分牛の妖怪　と答えると
そうだ　人間の顔した牛だ
戦争や大きな災害など　悪い事が起こる直前に生まれ
人にそのことを予言して　翌日死んでしまうんだ

例えば　太平洋戦争が起こる直前などは
あちこちで頻繁に生まれたらしい
東日本大震災の直前にも　福島県の某所で密かに生まれ
大震災と原発事故を予言して死んだというウワサがある
と　妖怪マニアの友人は　いつになく真面目な顔をして言い
実は　数日前　九段下で　くだん　が生まれたらしい
信頼できるスジからの情報だ　となぜかヒソヒソ声で言う
きっと　悪い事が起きる前兆だぜ
まあ　それはそれとして
ビデオ屋でバイトしてるような奴に
情報流す〈信頼できるスジ〉って　どんなスジだよ?
つうか　九段下で　くだん　が生まれた　って
どう考えても単なるダジャレじゃん　などと思っていると
のっそりのっそり　と
くだん　っぽい牛が通ったので　マジか!　とビックリして

あのー　あなた　もしかして　「くだん」さん　ですか?
と聞くと　そうだけど　と答えたので
これから何か悪い事でも起きるのでしょうか?
それ　やっぱり　アメリカ大統領絡みですか?　と聞くと
くだん　は　教えない　と言う——　え?なんで??
だって　お前らに教えちゃったら　俺　死んじゃうじゃん
今まで　俺たち　くだん　は　人間たちを助けようと
さんざん忠告してやったのに
結局　戦争はやっちまうし　地震にも備えないし
で　いつも事が起こって
たくさん犠牲者が出て　泣いている
そんなバカな奴らのために命をかけるなんて
いい加減アホらしいから　もう予言はしないことにした
くだん　は　そう言うと
また　のっそりのっそり　と歩き始めたが

5、6歩進んだところで　振り返り
でも　お前らが心配している事は　必ず起こるよ
と言い遺して　雑踏の中に　消えていった

すねこすり

熊谷直樹

「妖怪図鑑」をパラパラとめくっていると
「すねこすり」という妖怪が出ていた
雨の降る夜　通行人の足元にからみつく妖怪で姿は見えない
歩いていても走っていても
転びそうになるほどからみついてくるが
それ以上のいたずらをするわけではない　とある

なるほど　なんだか猫みたいなやつだなあ　なあ?
と言うと　わが家の猫が
にゃあ　そうですよ　「すねこすり」なんていないんですよ

人間が「すねこすり」だと思っているのは
ほとんどの場合　我々　猫がからみついているんですよ
だから「すねこすり」なんていないんですよ
と真剣な顔つきで言う
なるほど　なるほど　と猫を抱き上げ　歩こうとすると
何か足元にからみついてくるやつがいる
ん？　わが家には猫は一匹しかいないのだが　と思うと
抱いていた猫が私の顔を見上げてニヤリと笑った

狸囃子

勝嶋啓太

後輩のタナカくんがやってきて
センパイ　いいバイトがあるんスけど　やらないスか
と言うので
何のバイト？　と聞くと
センパイ　狸囃子って知ってますか？　と言う
狸が　真夜中に　たくさん集まって　お月見しながら
ぽんぽこ　ぽんぽこ
腹鼓を打ちながら　ドンチャン騒ぎする　っていうヤツだろ
センパイ　あれ　何のために　やってるか知ってますか？
え？　狸囃子に目的なんかあるの？

あれね　魂の癒しなんですよ
は？　ぽんぽこ　ぽんぽこ　が　魂の癒し？
狸の腹鼓の音には　魂の浄化作用があるんです
睡眠中にあれ聞くと　みんな心が穏やかになって
実は狸囃子のおかげで　世の中　平和なんです
狸囃子がないと　みんなイライラして
犯罪とか戦争とか起きて　セカイは滅びるんスよ
へえ〜……で　いいバイトって　何？
だから　平和のために狸囃子を鳴らすバイトです
？？？……わけわからなかったが
ヒマなので　タナカくんについて行くことにした
仕事内容は　真夜中に
実は住職の正体が狸だというナントカ寺という古い寺に行き
狸囃子のCDを大音響でかける　というもの
え？　ナマ音じゃなくていいのかよ　と言うと

実は　狸囃子をやれる狸が一匹もいなくなってしまって
もう生演奏は出来ないんです
でも　かけるCDは歴代の名演奏を収録した
「狸囃子BEST」ですから
ということで　今　午前2時なんだけど
とある古い寺の本堂で
大音響で「狸囃子BEST」をかけている
ぽんぽこ　ぽんぽこ　を聴きながら　タナカくんに
これ　本当に効果あるのかな？　と言うと　タナカくんは
正直　生の音じゃないと
あんまり効果はないと思いますけどね　と言った
確かに　テレビとか新聞とか見る限りでは
ほとんど効果はないみたいだよね　と言うと　タナカくんは
でも　たとえ録音でも
狸囃子がないよりは　いくらかマシですから　と言い

だって　やっぱ　少しでも平和な方がいいじゃないスか
と　ちょっと遠い目をして　言った

その肆　夢と妖怪　の巻

勝嶋啓太
熊谷直樹

ノッペラボー

勝嶋啓太

先日　何気なく鏡に映った自分の顔を見たら
なんだか　目が小さくなっているような気がした
俺　こんなに目が小さかったかな　と思い
先週　友人数名と遊びにいった時撮った写真を見てみる
やっぱり　先週よりちょっと目が小さい気がする
気になって　高校の時の卒業アルバムとか
引っ張り出して来て　見て　驚いた
どう見ても　目の大きさ　高校の頃の半分ぐらいしかない
目だけじゃない
鼻も　口も　耳も　眉毛も　全部　小っちゃくなってる

なんだ　コレ!?　一体どうなってんだ!?
翌日　恐る恐る　鏡を見たら
やっぱり　またちょっと小さくなってる気がする
その翌日も　そのまた翌日も
僕の目鼻口耳眉毛は
毎日ちょっとずつ小さくなっていって
今朝　鏡を見たら
完全に　無くなっていた
どうしよう……
いや　どうしようったって
無くなっちゃったもんは　どうしようもないんだけど……
とりあえず　マジックインキで
目と鼻と口と耳と眉毛を描いてみる
意外と難しい
ちょっとイビツな感じになっちゃったけど

無いよりはマシか……
平静を装い　散歩に出る
コンビニの前で
後輩のタナカくんに　声をかけられたのだが
タナカくんの
目と鼻と口と耳と眉毛も　無くなっていたので　驚く
お前　一体　どうしたんだ？　と聞くと
タナカくんに
センパイこそどうしたんスか？
顔に落書きなんてして　と言われた
実は　俺も顔が無くなってしまって　と言うと
そんなもん　もともと無いじゃないスか　と言われた
よく見ると　街を歩いている人はみんな　顔が無かった
考えてみたら
僕たちは　みんな

ずっと　昔から
ノッペラボー　だったんだ

海坊主

熊谷直樹

こんな夢を見た
海岸沿いの道を歩いていると向こうから坊主頭の男が来た
男は　すいません　来々軒はどこですか？　と自分に聞いた
三十代と言えばそうも見えるし四十代と言えばそうも見える
だが五十代かと言われればそうは見えない
どうもうさん臭そうな男だ
いや自分はこの辺の者ではないので知らない　と答えると
男は悲しそうな顔をして
中華屋なんですけれども　と申し訳なさそうに言った
そりゃあそうだろう　来々軒という名ですし屋だったり

うなぎ屋だったりしたらたまったもんじゃあない
中華屋ならばさっき駅前にあったはずだが　と自分が言うと
男は　連れて行って下さい　と言うので
仕方がないから海岸沿いの道を引き返すと
案の定　駅前に一軒の中華屋があった
坊主頭の男は店に入ると　一緒に入って下さいと自分に言う
連れて来てくれとは店の中まで一緒にということだったのだ
男はメニューを見ながら　どうぞ選んで下さい　と言う
じゃあ餃子と肉野菜炒め定食で　と言うと
そうじゃあなくて私のメニューも選んで下さい　と言う
いちいち面倒臭い男だ
じゃあレバニラ炒め定食にしたら　と言うと悲しそうな顔で
それはダメです　と言う
何でダメなのかと聞くと　あのう私一応坊主なんで　と言う
こいつはバカか？　じゃあタンメンならばどうだ　と言うと

男はにっこりと笑って　それがいいです　と言う
料理が運ばれてきて手をつけ始めると
男はまた申し訳なさそうに
あのう餃子もらってもいいですか　と言う
あきれた自分は黙って皿を押しやると
男は嬉しそうに餃子をほおばり　うまいです　と言う
レバニラはダメで餃子はいいのかと聞くと
男はまた悲しそうな顔をしたのでそれ以上は聞かなかった
食べ終わると自分は黙って男の分も合わせて代金を払った
店の外に出るともう日が傾きかけている
男は　ああ今日はいい一日だった　と満足そうに言った
そして自分の顔をじいっと見ると
あなたにもきっといいことがありますよ　と言った
何でそんなことがわかるのかと聞くと
はい　私これでも一応坊主なもんで　と言う

お坊さんを大切にするときっといいことがあります
そう言ったかと思うともう男の姿は消えていた
店の名前は「来々軒」ではなかった

端っこ幽霊

勝嶋啓太

何気なく
昔　友人3、4人と旅行に行った時の記念写真を見ていたら
写真の端っこの方に写っている建物の窓から
見知らぬおっさんが　晴れやかな笑顔で　カメラに向かって
ピースとかしているのに気づいたので
友人に　ヘンな人が写り込んでたよ　と言うと友人は
え？　お前　今頃　気づいたのか
もっと注意深く見てみろ　と言い
旅行中に撮った写真を全部持ってきて
一つ一つ　写真の端っこの方を指さす

驚いたことに　すべての写真の端に
同じおっさんが写り込んでいる
うわ～気味悪いな～　と言うと友人は
こんなことで驚いてちゃいけない
お前のアルバムを持って来てみろ　と言う
アルバムを持ってきて　見てみると
家族旅行　小学校・中学・高校・大学の入学式・卒業式
修学旅行や　友人たちと遊びに行った時などなど
ほとんどの写真の端っこに　同じおっさんが写り込んでいる
これが世に言う　端っこ幽霊だ　と友人は真剣な顔で言う
世に言う……って　聞いたことないけど……
このおっさん　俺の背後霊か何かなのかな？　と言うと
いや　お前だけじゃない　俺の写真にも全部写り込んでいた
あらゆる写真に何らかの形で写り込んでいるらしい　と言う
何かタタリとかノロイとかあるのか？　と聞くと

いや　そういうんではなくて
ただ写真に写りたいだけのようだ　とのこと
そう言われてみると　この幽霊　どの写真でも
とても嬉しそうな笑顔で写り込んでいる
どんだけ写真好きなんだよ……
友人と二人で　あ　ここにも写ってる　あそこにも
とあれこれ写真を見ているうちに　ふと
もしかしたら　昔撮った写真を見るのが楽しいのは
このおっさんの晴れやかな笑顔が
密かに写り込んでいるからかもしれない　なんて
アホなことを思ったりしたのだった
それ以来　写真を撮る時には
もしかしたら　あのおっさんがいるんじゃないか　と
辺りを見回してみるのだが　見かけたことはない
でも　写真が出来上がってくると　必ず

おっさんが　晴れやかな笑顔を浮かべながら
端っこの方に　写り込んでいるのだった

豆腐小僧

熊谷直樹

来々軒の方からひとりの子どもが歩いて来る
来々軒のある高円寺は北東の方向で
つまりは鬼門　すなわち艮《うしとら》の方角にあたる
坊主頭で目玉が大きく　マユが太くてクチビルが厚い
人の顔を見るやいなや「似てるけど違いますからね」と言う
「今　海坊主に似てると思ったでしょう　けど違いますよ」
そして「豆腐　食べませんか？」と言う
見ると確かに手に皿を持っていて
その上に何か赤い　得体の知れないモノが載っている
子どもは「落語の酢豆腐じゃあ　ありませんよ」と言う

「ちりとてちん」も酢豆腐と同じことですからね　とも言う
どうしていちいち他人の考えている先まわりをするのだろう
さては……　と思うと　すかさず
サトリじゃあ　ありませんよ　とつけ加える始末だ
ボク　林です　と唐突に子どもは名のった
ボクのこと豆腐小僧で　これは傷んで赤カビの生えた豆腐で
腐った豆腐を食べさせようとしているのに違いない　と
そう思うかも知れませんが　そんなことはありません
試しに食べてみてください　美味しい豆腐ですよ　と言う
どうやら　鬼門の高円寺の方から小さな海坊主がやって来て
腐った豆腐を食べさせようとしている　ということだろう
こうなったら仕方がない
なぜかあらがえず　恐る恐るその赤い豆腐を口にしてみると
なるほど……　確かに美味い　というか　とても美味い
何だこりゃ　麻婆豆腐じゃあないか　というか白飯が欲しい

家に戻り　早速　例のように我が家の化け猫に話すと
猫は平気な顔をして「知らないんですか？」と言う
本格的な四川料理の麻婆豆腐ですよ
花椒が効いてて　とても美味しいんです
「何だオマエ　知ってるのか？」と聞くと
知ってるも何も　本人が「林です」って言ってたでしょう？
あの子の父親は「林（リン）」さんで来々軒の御主人ですよ
あの子は「林勝（ハヤシマサル）」君と言って
みんなから「マー坊　マー坊」と呼ばれているんです
お店の宣伝で　味見をしてもらって歩いているんですよ
確か父親の林（リン）さんは四川省の出身なんで
麻婆豆腐は美味しくて当然です　味道很好的　です
と少々　得意気に話す
ヘエ　何でもよく知ってるね　エライね　と感心すると

はい　でも私はあの豆腐　食べませんけどね　と言う

え？　そんなに美味い豆腐なのに何で食べないのか　って？

だって　私　ネコ舌ですから……

カッパさん

勝嶋啓太

子供の頃　三丁目にあった八百屋のおじさんが
カッパっぽかった
頭のてっぺんがハゲてて
目がつり上がってて　耳がちょっととがってて
キュウリが大好きで　いつでもキュウリを食べていて
みんなから「カッパさん」と呼ばれていた
そういえば顔もちょっと緑色っぽい
（キュウリの食い過ぎか？）
カッパさんは　いつもニコニコ笑っていて
ぼくが店の前を通ると　必ず

元気かい　と声をかけてくれたし
おつかいでキャベツとか大根とかを買いに行くと　必ず
キュウリを一本オマケにくれたので
ぼくは大好きだったのだが
でも　見れば見るほどカッパっぽいので　母に
八百屋のカッパさんってカッパみたいだよね
と言うと　母は　あんた知らないの？
カッパさん　フツーにカッパよ　と言った
フツーにカッパ!?
そう言われてよく見てみると
背中に甲羅があった
手を見たら　指の間に水かきもついていた
そこで　怒られるかな　と思ったけど
思い切って　カッパさんに
カッパさんは本当にカッパなの？　と聞いてみると

カッパさんは　ニコッと笑って
そうだよ　と答えた
というわけで　カッパさんは本当にカッパだったのだが
カッパさんは　カッパのくせにカナヅチだった
なんでカッパなのに泳げないの？　と聞いてみたけど
カッパさんは　微笑むばかりで
答えてはくれなかった

ある日の夕方
うちの近くの遊歩道に　カッパさんが佇んでいた
ちょっと哀しそうな雰囲気だったので
どうしたの？　と声をかけると
おじさんはね　ここで生まれたんだよ　と言って
ぼくに子供の頃の話をしてくれたのだった
昔　この遊歩道は　小さな川で

カッパさんの一族は　ずっとずっと　何百年も
この川の畔で暮らしてきたのだそうだ
でも　人間がたくさん住むようになると
川はどんどん汚れて　ドブ川になってしまって
カッパさんが生まれた頃には　あまりに汚くなりすぎて
住めないようになってしまったので
カッパさんのお父さんとお母さんは
仕方なく　川を捨てて　陸に上がって
三丁目で小さな八百屋をはじめたんだそうだ
だからね
おじさんは　親に泳ぎを教わることが出来なかったんだよ
だから　カッパなのに泳げないんだ
と　カッパさんは言った
カッパさんの一家が八百屋を始めて少しして
川は埋め立てられて　きれいな遊歩道になってしまった

おじさんの　ふるさと　は　もうないんだ
でも　時々　ここに来てしまう　とカッパさんは言った
だけど　やっぱり　ここには
もう　なにも　ない
カッパさんはそう言って　ぼくに向かってニッコリと微笑んだ

ぼくは　その時はじめて
哀しすぎて笑う　ということがあることを　知った

その後
この町にもスーパーマーケットが出来てしまって
カッパさんの小さな八百屋は　いつの間にかなくなって
カッパさんの姿も見かけなくなってしまった

タヌキ囃子

熊谷直樹

祭囃子が聴こえる　裏の山の中程にある「萬福寺」からだ
住職は金田大僧都と言って
若い頃はたいそう恰幅がよく　下ぶくれの丸顔だったので
「たぬき和尚」だと冗談のつもりでからかったが　住職は
和尚は禅宗ね　ウチは真言宗なので　ボクは大僧都
と真面目な顔をして言っていたので
気づかれない程度に「へえ　そうっすか」と答えた
住職はいつも「この辺は蠟梅《ロウバイ》が有名なの」と
やたらしきりに自慢するので
「エエッッ！」と少しうろたえてみせたが

住職にはそのシャレが通じなかった
萬福寺にも梅林があったので　この梅も蠟梅なのかと聞くと
いいえ　ウチのは蠟梅じゃなくて紅梅ね　と言うので
ははあ　ナルホド山の斜面に生えてますからね　と言ったが
住職はそのシャレにも気づかないようだった
住職は　最近では糖尿病がひどく　腎臓も悪くなり
なかなか自由が利かなくなってしまった　と嘆いていた

そのためか聴こえてくる祭囃子が妙に調子っぱずれだ
しかも時刻も宵の口をとうに過ぎている
住職　ついにどうかしてしまったのかと気になって
明かりを片手に見に行った
まさかタヌキが太鼓でも叩いているのではあるまいなと
音を頼りに木立ちの中をたどって行くと
明かりの中に照らし出されたのはレッサーパンダだった

何だ　タヌキじゃないのか　と言うと
ええ　最近はこの世界も人手不足なもんで……　と言う
人手不足？
はい　そうなんです　この世界も「少子高齢化」で……
でも　伝統文化は守っていかなければなりませんから　と
ちょっと申し訳なさそうに言う
その隣を照らして見ると　そこにいたのはアライグマだった
少し驚いてその隣を見ると　ハクビシンがいた
何だ　タヌキはいないじゃないか
と言いながらその次を見ると　ようやくタヌキが現れた
おお　オマエはタヌキだな　と言うと
いえ……　メタボのキツネなんです　と面目なさそうに言う
おいおい　と思いながら隣を見ると
へへへへ……　とカワウソが頭をかいている
その隣にいたのはムジナだったが

ムジナって言わないでください　アナグマなんです　と言う
最後は何なんだ　と見てみると
「あ……」とマヌケ面をしたカピバラがバチを握っていた
いや　もう　コレ「タヌキ囃子」じゃあないよね　と言うと
はい……　でも……
何としてでも伝統文化は守っていかなければなりませんから
と　レッサーパンダは一途な表情で訴えた
そして全員　気を取り直したかのように
めいめいバチを手にすると
ふたたび調子っぱずれの「タヌキ囃子」を叩きはじめた

自宅に戻り　いま見てきたばかりのことを
さっそく我が家の化け猫に話した
なあ　信じられるかい　こんなことって本当にあるのかね？
と聞くと　猫は　さも事もなさそうに

ええ　ありますよ　と言う
ありますよったって　かなり不思議だろう？　と言うと
そうでもありませんよ　と平気な顔をしている
少しも驚く気配がないのでちょっと物足りなく思っていると
実はですね……　とやや言いよどむ様子で
実はですね　私にもあったんです　と猫が言う
あった　って　何があったんだよ　と聞くと
その囃子に参加してくれないか？　猫の手も借りたいから
っていう話が　実は私のところにもあったんです　と言う
……でもね　断ったんですよ　伝統文化もさることながら
それ以上に守らなければならないものが
私にはありますからね　と言うとニッと笑ってこちらを見た

百鬼夜行

勝嶋啓太

なんだか寝つけないので　散歩に出た
人気のない真夜中の街を　ぶらぶらと歩きながら
なんか　今夜は　ずいぶん
月が蒼くて　大きいな　と思っていると
1匹の猫が向こうからやって来て
ぼくを見て　にゃあ　と笑い
もうすぐ　ここを　百鬼夜行が通りますから
道をあけて下さい　と言う
ふと見ると　四丁目の辺りがとっても明るいので
何事かと思って見ていると

ぞろぞろ　ぞろぞろ　提灯を手に持って
たくさんの妖怪たちが　こちらに歩いてくるのが見えた
よく見たら　手に持っているのは　提灯オバケだった
しかも　ぽんぽこ　ぽんぽこ　陽気なタヌキ囃子も聞こえてくる
でも　ちょっと調子っぱずれだな　と思ったら
演奏してるのは
レッサーパンダ　とか　アライグマ　とか　ムジナ　とかで
さすがにカピバラまで交じってるのには無理があるだろう
……つうか　タヌキいないのかよ
よく見たら
扉を付けたぬりかべくんとか　ビニ傘オバケくんとか
ポリエステル30%の一反木綿くんとか
顔見知りの妖怪の姿も見える
八百屋のカッパさんや　ろくろ首のろくちゃん一家もいる
予言をやめた件（くだん）さんもいた

口裂け女さんは　やっぱり人面犬さんを連れていた
子泣きじじいを背負った後輩のタナカくんは
すっかりノッペラボーになっていた
昔ダイダラボッチだったマメさんは
さらに小っちゃくなっていて　一寸法師になっていた
みんな　楽しそうに　ぽんぽこ　ぽんぽこ　行進していく
みんな楽しそうだなあ　と言うと　化け猫くんは
百鬼夜行の時ぐらい　楽しまないと
妖怪なんて　やってられませんからね　と言う
みんな　どこに行くの？　と聞いたけど
化け猫くんは　それには答えてはくれなかった
ぼくも連れてってくれないかな　と言うと
化け猫くんは首を振って
いくら海坊主に似ていても
でも　やっぱり　あなたは人間なので　と言い

それじゃ　ボクももう行かないと　と言った
みんな　また　戻って来てくれるんだよね？　とぼくが聞くと
化け猫くんは　こちらを振り返り　ちょっと微笑むと
走って　百鬼夜行の列の中に消えていった
ぼくは　遠ざかっていく妖怪たちを　ずっと見送っていた
やがて　妖怪たちの姿は見えなくなり
かすかに聞こえていた　タヌキ囃子も聞こえなくなって
いつの間にか　夜が白々と明けはじめていた
もうすぐ　何事もなかったかのように
街が目を醒ますだろう
でも

……きっと　いつか　また会えるよね……

あとがき

現代詩の詩作は通常は個人作業であることがほとんどで、書かれる作品も個人的な世界に限定されることが少なくない、という側面がある。

だが近くは谷川俊太郎と大岡信の詩の競作があり、さらに伝統的には中世の連歌にも、競作・共作の例がある。この連歌の形式は、「枕草子」の中でも藤原公任の詠んだ下の句に対して、〈これが本《もと》はいかがつくべからむ〉と清少納言が上の句を詠んでいることから、少なくとも十一世紀以前にはこのような一種の遊びがあったことがわかる。そしてそれは今日、「笑点」の「大喜利」に受け継がれている。

犬や猫や小鳥たちを始め、私は動物が好きだ。我々人間が偉くて動物たちが下、とかいうことではなくて、彼らの視線からすればどちらも「同じ生物」に映っているはずである。犬や猫に代表される彼ら動物たちが我々人間に示してくれる感情は、時にいとおしく、時には友情をも感じる。そんな私にとって、妖怪たちとは、他の動物たちと区別されるものではなく、他の動物たちと同様にやはりいとおしい「仲間たち」なのである。

そこで怪獣マニアである勝嶋啓太さんに「妖怪をテーマにして競作しないか?」と話を持ちかけてみた。幸い勝嶋さんは『異界だったり現実だったり』で原詩夏至さんと競作した経験がある。こうしてスタートしたのがこの『妖怪図鑑』だ。三ヶ月にそれぞれ二篇ずつのペースでの競作が始まった。勝嶋さんの前作『今夜はいつもより星が多いみたいだ』に収録されている「海坊主」と、今回の『妖怪図鑑』の私の「海坊主」とはその最も初期の競作作品だ。

昭和の落語の名人に、古今亭志ん生と三遊亭圓生がいる。志ん生は天才肌、圓生は職人肌と言ってよいのではないかと思う。

あるいは、ザ・ビートルズにはポール・マッカートニーとジョン・レノンという、二人の偉大な異なる個性が存在する。明るく天真爛漫なポールと、シリアスなジョンとの絶妙なコラボレーションが、ザ・ビートルズの名盤の数々を生んだと言っていいだろう。

だが、ザ・ビートルズにはもう一人、忘れてはならない存在がいる。それは〈五人目のビートルズメンバー〉とも言われたブライアン・エプスタインである。ブライアンのマネージメントなしでは、ザ・ビートルズがあそこまでの世界的なビッグバンドになっていたかはわからない。そしてこの『妖怪図鑑』では〈三番目の妖怪〉とも言える存在が佐相憲一さんである。佐相さんの編集・マネージメントがなかったら、『妖怪図鑑』がこのような名盤(笑)になったかどうかはわからない。

『妖怪図鑑』を始めてから、私の身の周りに次々と不思議なことが起きた。インターネットテレビ「しながわてれび放送」(すずきじゅんディレクター)の佐相憲一さんの番組「朗読放送」第十八回に出演で収録に向かう道中、武蔵野線で私の真向かいの席に座った小学五年生ぐらいの少年がいた。彼は朗読の準備で原稿にチェックを入れていた私の手許を、なぜか通常ではあり得ない程じいっと見つめていた。その表情は真剣で、でも心持ち笑顔でもあり、そして少し満足そうな様子でもあった。私が乗換えで下車すると、彼も同じ駅で降りたのだが、すぐに姿が見えなくなってしまった。その時チェックを入れていた作品は「雨ふり小僧」だった。後になって、「ああ、あれはきっと本物の雨宮くんだったんだろうなあ……」と思ったが、そう気がついてみるとなぜか妙に納得が行ったのだった。さらに先日、「若久」くんという少年に出逢った。当然、「わかひさ」くんかと思ったら、読み方がカタカナで「ジャック」と表記されていた。まさか本当にジャックくんがいたなんて……。もちろん苗字は「天野」ではなかったが、もし「天野」くんだったら、腰を抜かしてひっくり返っていただろう。

　昨年の十一月、一緒に暮らしていたキジトラ猫の「龍次」くんがあの世に旅立ってしまった。九歳と、まだ早い旅立ちだった。ものすごくいいヤツだった。私の作品のいくつかは、きっと彼がいなかったら生まれていなかっただろう。でもたぶん彼は天国でこの『妖怪図鑑』が形になったことを喜んでくれているに違いない。

　ちなみに表紙の写真を撮影してくれたカメラマンの関口拓真さんは、「一つ目小僧」の「亀良礼圭」くんのモデルとなった（と思われる）人物である。

熊谷直樹

あとがき

お読みいただき、ありがとうございました。
今回は、詩だけでなく、表紙の妖怪たちの人形も作ることになりました。きっかけは「コールサック」94号の「詩人のギャラリー」というコーナーで、僕が趣味で作った粘土の「かいじゅう」を紹介して貰ったことで、それを編集の佐相憲一さんが気に入ってくれて、『妖怪図鑑』の表紙は勝嶋さんが作った妖怪の人形を使おう」と提案、ぶっちゃけ「オレ、ド素人だぞ……しかも妖怪作った事ねえし……スゲェ事言い出すな、この人」と思いつつ、こちらも好きモノだから「妖怪たくさん作って百鬼夜行とかいっスね」などと口走ってしまい、佐相さんは「じゃ、ヨロシク」と……で、熊谷直樹さんは正直、この人たちダイジョーブ？　と思ったみたい……で、どったんばったんの末、作った妖怪50体。撮影は、熊谷さんの教え子で僕の大学の後輩（学科違いだけど）にあたる日大芸術学部写真学科4年（既に大きな写真コンクールの入賞経験もあり、プロの道に進むことが決まっている、若手有望株！）の関口拓真さんが引き受けてくれて、写真学科のスタジオ借りて、いざ撮影！　なんと熊谷さんが舞台監督に大変身（元・演劇部顧問）！　妖怪たちを整列させ、行進させ、一反木綿は飛ばすわ、野火は飛ばすわ、八面六臂の大活躍！　その甲斐あって妖怪たちもとってても楽しそうに百鬼夜行できました。ちなみに「かいじゅう」もちゃっかり参加してます。どこにいるか探してみてね。

勝嶋啓太

ようこそ妖怪図鑑へ

佐相　憲一

四季があり気候変動が激しい列島には、古来、暮らしの風物詩にも細かな変化が伴った。食料や家屋を守るためにも風のニュアンスに敏感になり、森が多いので山里の日常には他動物との共存の知恵が必要だった。異界に通じるような深い森、時に豪雨が洪水になる恐ろしくも澄んだ河川、遠い国から人々がやってくる不思議な海、いつも見える山のかたち。人も他動物も虫も死ねば土に還り、またくめぐって命が生まれる。人々は神社を建てて自然界に祈った。寺なども生まれた。人の内面にもまた、変化に富む風がわたっていくのだった。そうした文化背景から妖怪は生まれた。支配的になった文化体系よりも古層の名残や、神々におさまらないもの、あるいは村社会に弾き出されたもの、密かにいじめてしまったものなどを象徴して。何らかのやましさと結びついたり、祟られるのが恐ろしかったり、反対に密かに親しみを覚えておのれの感情を仮託することもできる存在として。たとえば、あの忠臣蔵の裏には四谷怪談があって、忠君美談の無理をしたところの心理学的補償とも言えるグロテスクな時代の怨念がお岩さんの姿をとって吐露されたのかもしれない。

では、開発という名の国土の自己破壊とハイテク万能の結果、地球環境問題に気づき始めてなお、無情な経済原理と格差システムに右往左往して人が闘い合っているこの時代はどうだろうか。伝統的で牧歌的な民俗学的領域だけが妖怪の住処ではない。かつてカール・マルクスは近代ヨーロッパの労働者に浸透しつつあった新しい自らの思想を逆説ユーモアを交えて妖怪と呼んだが、現代日本では二一世紀のさまざまな妖怪がいっそうの活気をもって、人の心の中に棲んでいるのではなかろうか。

わたしが主宰する「土曜詩の集まり」で詩人・熊谷直樹が学校のこどもたちが出てくる妖怪詩を朗読するのを聴いて、すぐにインターネットテレビ番組にも出演してもらった。「雨ふり小僧」「座敷童」「カッパ」。しんみりと聴き入った。本詩集冒頭に並べたこの三篇の味わいはどうだろう。作者の視点は、さびそうにしている子、疎外感をもっている子を妖怪の姿にとらえて、古典文学的な陰影ある物語の懐の中で、先生との心の交感につづられるものと見守る眼に、思わずほろりときてしまう。視聴者にも好評だった。落語的な彼の朗読法も効果的だ。第一章にはさらに「雪女」「王子の狐」「一つ目小僧」「天邪鬼」「死神」「牛鬼」と、学校関係、こども関係の濃密な妖怪詩が続く。いずれも魅力的でかわいい妖怪だ。苦節数十年の苦労人・熊谷直樹の詩世界がもっとも輝く、そして泣ける名作群と言えよう。今日の教育の闇、いじめや児童虐待の世の中でいっそう光る、新しい現代詩だ。一九八〇年代から現代詩の世界にいながら、なかなかひろく読まれて注目される機会に恵まれなかったこの詩人の詩世界にいまこそ注目である。現代の『今昔物語』『宇治拾遺物語』の感もある熊谷直樹のこの幽玄で優しい心の詩世界には、彼が学習塾や学校で実際に国語を教えてきた経験も生きているだろうし、彼自身の心の何かも投影されているのだろう。

そして、海坊主・勝嶋啓太の登場である。ぬらりひょんと現れた彼の詩がまたパワーアップしている。彼にとってこれまで一八番だった怪獣詩は、おのれ自身の疎外感や怒りなどを表現するものとしても面白さの中に切実な必然性をもっていた。それに対して、妖怪詩はどうかというと、対象への作者の視点が怪獣詩とは違った距離感をもって、相手の妖怪の特徴を効果的に語る、ある種のサービス精神も可能な位置のものとなっている。そこでは作品から、彼の他者へのまなざしを濃密に感じ取れて、新鮮な魅力となっている。自ら着ぐるみ怪獣となってこの世の中の嫌なところをこてんぱんに壊してやるんだという怪獣詩の実存的な迫力もよかったが、現代の街なかに妖怪となってさまよう哀れな存在に心を寄せてさりげない会話のぬくもりとおかしみを見せる妖怪詩群は、また新たな勝嶋ワールドのひろがりとなっている。いきなりの「口裂け女」「人面犬」セット二篇。そう言えば、昔、クラスの女の子たちが盛んに口裂け女の恐怖を語っていたな。「気をつけないと襲われるよ」「襲われたいよ」。勝嶋によるとなんと彼女は高円寺に住んでいたのだった。道理で横浜では会えなかったわけだ。しかも魅惑的で小悪魔的な美人らしい。人面犬の恍惚感が伝わる。世相回想と逆転のユーモア、勝嶋妖怪詩が華麗にスタートした。「ろくちゃん」「唐傘オバケ（ビニール製）」「一反木綿（ポリエステル30％）」「ぬりかべ（扉付き）」「子泣きじじい」「ダイダラボッチ」「レコード人」。詩タイトルを並べるだけでも面白いが、それでいて読むとしんみりもさせられる。前詩集『今夜はいつもより星が多いみたいだ』で壺井繁治賞を受賞して貫禄も感じさせる。映画撮影・演劇脚本の世界でも活動してきた勝嶋啓太の詩にますます注目であるが、彼は今回、妖怪たちの粘土細工人形も制作して表紙カバーの画像となった。彼のこの方面の才能も見逃せない。

熊谷妖怪詩と勝嶋妖怪詩、第一章と第二章に並んだ両者は、違った持ち味を発揮している。前者は古典文学や童話や民俗学的な領域から小さな存在の繊細な心を語る味わいがあり、後者は現代サブカルチャー的な傾向から日常生活の現実感覚で語る臨場感がある。それぞれに合った、異なる文字体を使用している点もこの詩集の仕掛けだ。他方、共通点は、両者共に物語性が濃厚であり、異界すなわち広大な無意識の領域に出入りする幻視の手法が挙げられよう。ストーリーテラーぶりが全体のまとまりをつくっている。そして、両者ともにかなりのツウだ。ほどよい笑いと泣きをまじえながら、彼らは細かいところにこだわるまじめ肌。それぞれの流儀では み出し者たちをクローズアップすることで世界をひろげ、とかく窮屈で無機的な冷たさが支配する現代に人の心の深層の温かみを届けてくれる。

さらに詩集は飛躍し、第三章と第四章は両者の妖怪詩を交互に配置して文字通りの共演となっている。それぞれの章は、現《うつつ》と夢に若干の傾斜をもった詩群だが、ひろくとらえれば共通のトーンで二章分続いている。不思議なコンビの妙だ。いきなり熊谷詩「藤原保昌」というかなりツウ好みの古典パロディによる深い人情で始まったかと思うと、勝嶋詩「野火」ではおなじみの着ぐるみ怪獣のずっこけを装って戦後社会の環境破壊やなおざりにされた歴史の記憶などの現代批評、ここから熊谷、勝嶋とノンストップで交互に見せる妖怪世界はわたしたち人間社会の縮図そのもののリアリティや風刺、〈もののあはれ〉や実存の深淵まで感じさせてくれる。「山姥」「ぬらりひょん」「天狗」「件（くだん）」「すねこすり」「狸囃子」「ノッペラボー」「海坊主」「端っこ幽霊」「豆腐小僧」「カッパさん」「タヌキ囃子」。フィナーレの「百鬼夜行」では妖怪たちの再登場があり、ちょっぴりさびしいお別れだ。

　違う個性が不思議な統一性ももって進行するこの一冊。妖怪プロデューサーとしてケケケケと見渡して、思わずわたしはつぶやいた。

「ワッ、とんでもなくすごい詩集になっちゃった」。

　類まれな作者ご両人よ、これらの生き生きとした妖怪たちを引き連れて、この詩集の朗読に旅立たれたい。この生きにくい世の中で心の余裕をなくして苦しむ人々に、もうひとつの裏側の世界を伝えて心の補償にホッとしてもらうために。

熊谷直樹（くまがい　なおき）略歴

1964年8月5日、東京都杉並区成田西に生まれる。
駒澤大学文学部国文学科卒業。
詩誌「潮流詩派」に1982年～2017年、参加。
詩誌「銀河詩手帖」に1989年～1995年および2012年～2013年、参加。
文芸誌「コールサック」に2018年より参加。
詩集『ひまわり』（1991年・潮流出版社）
　　『鳥のように自由に』（2000年・私家版）
　　『キッチン』（2004年・私家版）

【現住所】
　〒351-0005　埼玉県朝霞市根岸台3-13-7-203

勝嶋啓太（かつしま　けいた）略歴

1971年8月3日、東京都杉並区高円寺に生まれる。日本大学芸術学部映画学科卒業。映画撮影者として自主映画を中心に数多くの映像作品に関わる。近年は、劇作家として舞台作品の台本も多数手がける。詩誌「潮流詩派」「コールサック」「腹の虫」「木偶」を中心に作品を発表。日本詩人クラブ、詩人会議、各会員。

詩集『カツシマの《シマ》はやまへんにとりの《嶋》です』（2012年・潮流出版社）、『来々軒はどこですか？』（2014年・潮流出版社）、『異界だったり　現実だったり』（原詩夏至氏と共著）（2015年・コールサック社）、『今夜はいつもより星が多いみたいだ』（2017年・コールサック社、第46回壺井繁治賞）

【現住所】
　〒166-0003　東京都杉並区高円寺南2-53-3

石炭袋

熊谷直樹×勝嶋啓太　詩集『妖怪図鑑』

2018年11月25日初版発行
著　者　熊谷　直樹・勝嶋　啓太
編　集　佐相　憲一
発行者　鈴木比佐雄

発行所　株式会社 コールサック社
〒173-0004　東京都板橋区板橋 2-63-4-209
電話 03-5944-3258　FAX 03-5944-3238
suzuki@coal-sack.com　http://www.coal-sack.com
郵便振替　00180-4-741802
印刷管理　（株）コールサック社　制作部

＊カバー人形　勝嶋啓太　＊撮影　関口拓真　＊装丁　奥川はるみ

落丁本・乱丁本はお取り替えいたします。
ISBN978-4-86435-364-9　C1092　￥1500E